BOLWIN...

Bolwyn
yn y Sioe Nadolig

Gwyneth Glyn

Lluniau gan Carys Owen

GWASG CARREG GWALCH

Argraffiad cyntaf: Tachwedd 2000

Rhif Llyfr Safonol Rhyngwladol:
0-86381-655-X

Llun clawr a lluniau tu mewn: Carys Owen

Cynllun clawr: Sian Parri

Argraffwyd a chyhoeddwyd gan Wasg Carreg Gwalch,
12 Iard yr Orsaf, Llanrwst, Dyffryn Conwy, LL26 0EH.
℡ 01492 642031
🖷 01492 641502
✆ llyfrau@carreg-gwalch.co.uk
Lle ar y we: www.carreg-gwalch.co.uk

Bolwyn yn y Sioe Nadolig

'Un tro, ymhell bell i ffwrdd ac amser maith, maith yn ôl . . .'

Fel hyn mae ambell stori'n dechrau, ond nid hon. Stori Bolwyn ydi hon, Bolwyn y dyn eira. Does a wnelo Bolwyn ddim â chestyll hud, tywysogesau tlws na chewri cas. Does yr un wrach, corrach na dewin ar gyfyl y stori, ac nid yw'n digwydd mewn coedwig dywyll na gwlad hud.

Mae stori Bolwyn yn digwydd rŵan, yn fa'ma, i blant 'run fath â chi. Stori ddigon cyffredin ydi hi, ond mae Bolwyn ymhell o fod yn ddyn eira cyffredin. Dwi'n siŵr eich bod chi'n meddwl ei fod o'n oer, yn feddal, yn wlyb, ac yn toddi yn yr haul. Efallai eich bod chi'n meddwl ei fod o'n diflannu ar ôl y Nadolig, gan adael dim ond pwll o ddŵr, pentwr o hen ddillad a llawer o ffrindiau hiraethus ar ei ôl. ANGHYWIR! Mae gan Bolwyn gyfrinach. Cyfrinach fawr. Cyfrinach fwy na'r un oedd gennych chi ar ôl i'ch pêl dorri ffenest tŷ gwydr drws nesa' yn deilchion! Er mai dyn eira ydi Bolwyn, nid o eira y cafodd o ei wneud, ond o . . . Na! Dydw i ddim am ddweud wrthach chi. Ddim eto beth bynnag. Cewch glywed y gyfrinach toc.

Dydi Bolwyn ddim wedi bodoli erioed wrth gwrs, ddim mwy na chi a fi. Roedd 'na amser pan nad oedd yna Folwyn, na ffrindiau Bolwyn. A dyna pryd mae'r stori hon yn dechrau – un mis Rhagfyr, mewn pentref bach o'r enw Glanhyfryd, mewn ysgol fach o'r enw Ysgol Glanhyfryd, mewn dosbarth bach oer, annifyr. Mae hi'n chwarter wedi deg y bore. Mae 'na lond bwrdd du o symiau a llond y stafell o blant nad oes ond un gair i'w disgrifio nhw: bôrd.

Roedd sialc Miss P yn gwichian fel mochyn mewn lladd-dy wrth iddi grafu sym gymhleth arall ar y bwrdd du. Gwichiai ei llais hefyd:

' . . . dau ddeg saith rhannu efo pedwar yn chwech a chario'r tri.'

Roedd bysedd Ceri yn ei chlustiau ers meitin wrth iddi syllu drwy'r ffenest ar iard wag. Hi oedd y gyntaf i weld y plu bach gwyn yn syrthio o'r awyr ac yn glanio'n ddistaw ar y concrid.

'EIRA!' bloeddiodd Ceri gan dynnu ei bysedd o'i chlustiau. Mewn chwinciad roedd disgyblion blwyddyn 6 ar eu traed, yn straffaglu am y lle gorau wrth y ffenest. Ynghanol yr holl 'ga' i weld!' a 'symud dy ben!' anghofiodd pawb am Miss P a'i symiau. (Miss Peacock oedd enw iawn Miss P, ond Miss Pigog oedd enw'r plant arni – yn ddistaw bach!)

Yn sydyn, daeth sŵn taran o nunlle wrth i Miss P agor caead ei desg yn slei a'i hyrddio i lawr â'i holl nerth. BANG! Distawrwydd. Yna, symudodd pawb yn ôl i'w seddau fel sombis. Pawb ond Nia. Doedd hi ddim wedi symud o'i desg, er mor gyffrous oedd yr eira. Roedd yn well ganddi ganolbwyntio ar ei symiau rhannu.

Nid oedd Miss P yn gorfod codi ei llais na gweiddi yn aml iawn. Gallai ddychryn y plant efo synau annisgwyl, neu dim ond wrth edrych arnynt â'i llygaid marblis duon. Ond wnaeth y tawelwch ddim para'n hir. Sgrechiodd y gloch amser chwarae dros yr ysgol a sgrechiodd Miss P, 'NEB i fynd allan amser chwarae heddiw. Mae gennym ni gyngerdd Nadolig i'w drafod.'

Suddodd Guto yn ei sedd a dechrau cnoi ei ewinedd budron. Roedd o'n gwybod yn iawn beth oedd 'trafod' Miss P. Gwrando arni hi'n parablu, a chytuno efo popeth roedd hi'n ei ddweud.

'Nia fydd yn chwarae'r brif ran,' cyhoeddodd Miss P. Mwmiodd pawb eu cwyn. Roedd Nia Rhydderch yn cael actio'r brif ran bob blwyddyn. Roedd hi hyd yn oed wedi cael bod yn faban Iesu pan oedd hi'n dal yn ei chlytiau! ' . . . A dydyn ni ddim am gael llefarydd lloaidd fel llynedd.' Trodd pob llygad i gyfeiriad Guto. Roedd o wedi sibrwd ei holl linellau yn y cyngerdd y llynedd, rhag i neb glywed y camgymeriadau. 'Sam, ti

fydd yn chwarae rhan Santa Clos.' Ochneidiodd pawb a chochodd Sam at fôn ei glustiau.

'Ond fi ydi Santa bob blwyddyn, Miss . . . ' cwynodd Sam.

'Am mai ti ydi'r unig un sy'n ddigon tew i ffitio'r siwt! Pwy glywodd am Santa tenau erioed? Neu hyd yn oed *Samta* tenau!?' Chwarddodd Miss P dros yr ystafell. Roedd hi bob amser yn chwerthin ar ei jôcs ei hun, a byddai'r plant yn chwerthin hefyd ran amlaf, rhag ofn iddi bigo arnyn nhw y tro nesa'.

'Miiiiiss?' meddai Nia'n felys, 'be ydi thema'r cyngerdd eleni?'

'Mae pasiant eleni yn mynd i fod yn wahanol . . . ' atebodd Miss P yn ei llais pwysig-pwysig.

Adroddodd restr faith o themâu'r cyngerdd: sut y dylai pobl beidio â barnu ei gilydd, pam y dylai pawb fod yn gyfartal, pa mor bwysig yw helpu'r digartref, a'r ddyletswydd sydd ar bawb i ailgylchu bob dim. Yna ychwanegodd, 'Os nad ydach chi'n gallu canu'n swynol, chewch chi ddim dod ar gyfyl y côr. Mae'r elw yn mynd i gronfa'r ysgol. Unrhyw gwestiynau?' Roedd pennau'r plant yn llawn cwestiynau, ond cyn i neb gael cyfle i agor ei geg, parhaodd Miss P â'i llith: 'I gloi'r drafodaeth, dwi am ofyn i bedwar gwirfoddolwr adeiladu dyn eira ar gyfer ffinâle'r cyngerdd.'

'I be?' saethodd y geiriau o geg Ceri heb iddi feddwl. 'Mi fydd wedi toddi erbyn y pasiant, bydd?'

Chwarddodd yr athrawes yn uwch y tro hwn, ac ymunodd llawer o'r plant. Aeth Ceri i deimlo'n fach, fach.

'O Ceri,' meddai Miss P rhwng pyliau o giglo gwirion, ''dach chi'n dwp fel postyn, tydach? Dyn eira *smalio* fydd o, nid un go iawn, siŵr! Ond gan eich bod chi wedi dangos diddordeb, mi ro' i eich enw chi i lawr fel gwirfoddolwr.' Roedd gan Ceri ormod o gywilydd i ddadlau. Craffodd Miss P ar yr ugain disgybl aflonydd o'i blaen. 'Guto, gan na fydd gennych chi ran sylweddol yn y cyngerdd eleni, mi gewch chitha helpu . . . a Sam,' meddai, ar ôl llwyddo'n gyfrwys i ddal llygad hwnnw, 'dwi'n siŵr y basach chi'n gallu bod yn ddefnyddiol iawn . . . fel mowld, efallai. A Nia,' lledodd gwên gynnes ar wep Miss P, 'cadwch chi olwg ar y tri arall a dweud wrthyn nhw be i'w wneud.'

Edrychodd y pedwar – Ceri, Guto, Sam a Nia – ar ei gilydd yn amheus. Byddai'r gwaith o greu dyn eira yn siŵr o fod yn brofiad hunllefus. Ond ni freuddwydiodd yr un ohonynt fod antur mwyaf ei fywyd o'i flaen.

Drannoeth, tra oedd gweddill y dosbarth yn cael stori'r pedwerydd gŵr doeth am y pedwerydd tro y tymor hwnnw, safai grŵp y dyn eira yn y gornel gwaith llaw. Roedd golwg 'be wna' i?' ar eu hwynebau. Ar y llawr roedd Miss P wedi pentyrru rholyn mawr o wifren ffens ieir, bocsys cardbord, papurau newydd, hen lyfrau, glud a phaent.

'Dydi o fawr o ddyn eira, nac 'di?' cwynodd Ceri.

'Ond mi fydd . . . ' meddai Sam yn obeithiol.

'Dwi'n cynnig,' meddai Nia, gan godi'r wifren ffens ieir yn sidêt rhwng ei bys a'i bawd, 'ein bod yn defnyddio hwn i adeiladu'r corff.'

Chwarddodd Guto yn aflafar ar Nia, a chodi'r rholyn yn ddi-lol nes ei fod yn sefyll fel sylindr tal.

'Dim ond agor y canol sydd isio,' meddai Sam gan afael mewn pâr o bleiars trwm a dechrau datod y wifren.

'Fel ei fod o'n edrych yn debycach i chdi, ia Sam . . . ' meddai Ceri, cyn cau ei cheg yn glep. Doedd Sam byth yn dangos bod y tynnu coes yn ei frifo. Weithiau, byddai'n ymuno yn y chwerthin hyd yn oed, ond roedd ei du mewn yn berwi bob tro y clywai rywun yn ei alw'n 'Sam-swis-rôl' neu'n 'Samdwij jam'. Yr enw diweddaraf arno oedd 'Sam-mwy?'.

Wrth i'r ddau fachgen dorri ac ymestyn y wifren, roedd Ceri yn hofran fel gwylan o'u hamgylch, yn crefu arnyn nhw am gael helpu. Roedd Nia wedi setlo ar ei heistedd ac yn byseddu'r hen lyfrau oedd yn un pentwr tamp ar lawr. Llyfrau mathemateg, llyfrau gwyddoniaeth (heb yr un llun ynddyn nhw!) a llyfrau trwchus am bynciau dyrys fel hanes, ysgrythur a Ffrangeg, a phob llyfr yn frau ac yn felyn.

'Mae rhai o'r rhain yn hŷn na Mami a Dadi!' ebychodd Nia, gan grychu ei thrwyn ar yr arogl chwerw.

'Ydyn nhw'n antîcs?' holodd Guto.

'Miiiiss?' swniodd Nia yn ystod bwlch cyfleus yn stori'r pedwerydd gŵr doeth, 'Ydach chi'n siŵr ein bod ni'n cael defnyddio'r llyfrau yma i wneud y dyn eira? Mae rhai ohonyn nhw'n hen iawn, iawn?'

'Yn hollol, Nia!' cyhoeddodd Miss P. 'Hen betha blêr, da i ddim o'r storfa ydyn nhw. Fy hen lyfrau coleg i. Digon da i'r dyn eira. Rhwygwch a malwch nhw – ar eu ffordd i gael eu llosgi oedden nhw beth bynnag.'

'Llosgi, wir!' meddai Sam yn ddistaw bach. Roedd o'n meddwl fod Miss P wedi dweud bod ailgylchu yn un o themâu'r pasiant eleni.

Erbyn y prynhawn hwnnw, roedd y dyn eira yn

dechrau siapio. Roedd y bol uwd wedi chwyddo'n braf a'r pen crwn yn gorffwys yn gadarn ar ei ysgwyddau. Bu Guto yn ddigon medrus i greu breichiau symud o weddillion y wifren, er i Nia fynnu na fyddai hynny byth yn gweithio. Roedd Sam wedi bod yn brysur efo'r pleiars nes bod gan y dyn eira ddwy goes a thraed soled. Yn y cyfamser, roedd Nia wedi bod yn cymysgu'r glud efo dŵr ac wedi llwyddo i gael y stwnsh trwchus, toeslyd ar ei dwylo. Ych a fi! Roedd cael baw rhwng ei bysedd a than ei hewinedd yn brofiad newydd i Nia a doedd hi ddim yn siŵr a oedd hi'n ei hoffi. Hymiai Ceri fel gwenynen styfnig o amgylch pen Nia, gan wneud honno'n fyr ei thymer. Ers mis Medi roedd Ceri wedi bod yn swnian ar Miss P am gael canu'r unawd yn ffinâle'r pasiant Nadolig. Ildiodd yr athrawes yn y diwedd, dim ond er mwyn cael llonydd a doedd y gantores benderfynol ddim am wastraffu cyfle i ymarfer. Roedd hi hefyd yn dueddol o fynd dan draed yr hogiau. 'Ceri Grafu' gwaeddent arni. Ysai Ceri am gael helpu'r lleill, felly dechreuodd rwygo tudalennau papur newydd yn swnllyd, 'Crrrchchch . . . Crrrchchch' a'u codi'n bentwr llwyd wrth ei thraed. Sylwodd wrth rwygo fod iaith pob papur newydd yn wahanol.

'Edrychwch! Tseinîs!' gwichiodd gan gyfeirio at un yn arbennig. ''Run fath â'r sgwennu y tu allan i'r lle tec-awê yn dre!' Cipiodd Nia y papur a thorri ar draws stori Miss P am yr eildro.

'Miss, Miss, mae 'na ieithoedd tramor yn y papurau newydd yma. Ydach chi am i ni eu cadw nhw?'

'I be?' meddai Miss P. 'I hel llwch a mynd â lle yn y storfa?'

'Ond ella . . . ' dechreuodd Sam, 'fod rhai ohonyn nhw'n brin?'

'Sam bach, mae 'na lawer o bethau prin yn y byd 'ma, fel amynedd athrawes. Rŵan, dwi'm isio gweld yr hen bapurau 'na ar ôl heddiw. Maen nhw'n hen fel pechod. Ro'n i'n prynu papur newydd ym mhob gwlad ro'n i'n mynd iddi ers talwm. Papur Eidaleg ac Almaeneg, Rwseg ac Arabeg . . . Do, dwi wedi bod i ben draw'r byd cofiwch,' broliodd yn bwysig.

'Biti na fuasech chi wedi aros yno,' meddai Guto dan ei wynt. Anwybyddodd Nia'r sylw a churo'i dwylo yn union fel y byddai Miss P yn ei wneud.

'Be am ludo'r papur ar y wifren rŵan, fel y bydd y dyn eira wedi sychu erbyn bore fory. Be 'dach chi'n feddwl?' Doedd neb am anghytuno efo hi. Aeth y tri ati i ludo'n ddiddig tra oedd Nia yn pigo'r glud sych oddi ar ei dwylo.

'Mi fydd y dyn eira yma'n medru siarad mwy o ieithoedd na neb yn y byd!' meddai Sam yn smala gan

godi tamaid o bapur sgwennu o'r pentwr. 'Ylwch, hong-cong-cwng-ffw-carati-a-so!' Ceisiodd ddarllen y papur.

'Nid Tseinîs ydi hwnna, siŵr,' meddai Nia.

'Dwi'n meddwl mai rysáit pot nwdl cyw iâr efo madarch ydi o!' meddai Sam ar ei thraws. 'Hwda'r hen foi,' plannodd y darn papur yn sownd ar fol y dyn eira, 'rhag ofn iti deimlo'n llwglyd yn y nos.'

'Ddim yn ddrwg . . . ' meddai Miss P yn gyndyn am dri o'r gloch, pan oedd haenau o bapur newydd a thudalennau o'r hen lyfrau yn groen trwchus ar sgerbwd y dyn eira. 'Ond nid da lle gellir gwell.' Cilwenodd y grŵp ar hoff ymadrodd Miss P. 'Mae'n rhaid i'r horwth peth gael enw. Dewch, meddyliwch am enw!' A bu cryn grafu pen yn y dosbarth am enw i'r 'disgybl' newydd.

Roedd rhywun am iddo gael ei alw'n Eurwyn, rhywun arall yn ffafrio Gwynfor neu Derec Dyn Eira. Daeth fflyd o gynigion gan y plant: Rhodri Rhew, Bari Boliog, Twm Tew, Maldwyn Mawr, Eric Eira ac Ifor Iâ. Bu bron iawn iddo gael ei alw'n Mot, ar ôl hen gi un o'r plant! Ond diolch i Guto, a oedd wedi hen arfer dyfeisio llysenwau, cafodd y lwmpyn boliog gwyn enw a oedd yn gweddu i'r dim. Mae'n gamp i chi ddyfalu be oedd o. Cywir! BOLWYN! Ond roedd yn rhaid cael pleidlais.

'Weeeel,' meddai Miss P ar ôl cyfri dwylo'r pleidleiswyr cynhyrfus, 'mae'r enw Bolwyn yn cael un ar ddeg o bleidleisiau, a'r deg cynnig arall yn cael un bleidlais yr un, felly llongyfarchiadau, BOLWYN!' Cyn i neb gael cyfle i gymeradwyo, roedd Nia wedi codi ei llaw am y canfed tro y diwrnod hwnnw.

'Miss? Dydi hynna ddim yn gwneud synnwyr. Dim ond ugain o ddisgyblion sydd yn y dosbarth, ac mae deg ac un ar ddeg yn gwneud dau ddeg un. Mae'n rhaid bod rhywun wedi pleidleisio ddwywaith, Miss.' Cafwyd pleidlais arall, ac un arall wedyn, ond roedd y rhifau yr un mor ddisynnwyr. 21 pleidlais a dim ond 20 disgybl.

'Reit,' meddai Miss P yn ei llais-dim-lol. 'Dydw i ddim wedi pleidleisio, felly mae'n amlwg fod rhywun yn meddwl ei fod o'n glyfrach na phawb arall drwy godi llaw ddwywaith bob tro. Does neb yn cael mynd adre tan i hwnnw gyfaddef.' Distawrwydd. Munud. Munud a hanner. Dau funud, cloch chwarter wedi tri. Tri munud a'r bws yn canu grwndi yn ddiamynedd y tu allan. Yna, sŵn y plant ieuengaf yn ffarwelio.

'Fi ddaru. Fi bleidleisiodd ddwywaith.' Ceri wnaeth gyfaddef yn y diwedd. Cafodd ei rhyddhau gyda phawb arall am y bws, ond gwaith cartref dwbwl yn gosb. Yn niogelwch y dybl-decar coch, ymhell o sŵn bytheirio Miss P, roedd rhai o'r plant yn canmol Guto am ddyfeisio'r enw Bolwyn, ac yn chwerthin ar

gynnig tila Miss P i dalfyrru'r enw i Wyn. Roedd rhai o'r plant eraill yn mynnu holi Ceri yn dwll pam wnaeth hi bleidleisio ddwywaith.

'Wn i ddim,' oedd ei hateb. Gwenodd Ceri iddi ei hun. Nid hi oedd wedi pleidleisio ddwywaith. Roedd hi wedi cyfaddef i Miss P er mwyn cael mynd adref yn gynt. Ond roedd gan Ceri syniad pwy oedd yn gyfrifol am y bleidlais ddirgel serch hynny, er mai syniad go hurt oedd hwnnw.

Wrth fynd i gysgu y noson honno, meddyliodd pawb am liwiau addas fyddai'n gweddu i Bolwyn. Erbyn y bore roedd pob un wedi penderfynu ar liw perffaith i'w wisg, ond y broblem oedd fod lliw perffaith pawb yn wahanol!

'Pinc pinc pinc pinc PINC!' mynnodd Nia fore trannoeth gan daro'i thraed ar y llawr fel tarw blin.

'Ych a fi! Lliw hogan!' poerodd Guto, gan bwysleisio mai du oedd y lliw gorau, siŵr.

'Ond mae du yn . . . ' dechreuodd Sam.

'Be, Sam? Mae du yn be?' gwthiodd Guto.

'Yn ddiflas rywsut, dydi?' gorffennodd Sam yn betrus. 'Be am las?'

'GLAS?' ffrwydrodd Nia. 'Be, yr un fath â Superman? Yr un fath â morfil? Yr un fath â gwisg aelod o'r heddlu?!'

'Du ydi lliw dillad plismyn,' meddai Guto'n graff.

Dechreuodd pawb ddadlau a ffraeo, ond ymhen dim roedd Miss P wedi eu sobri efo daeargryn o glec pren mesur.

'Lle mae Ceri?' gofynnodd Miss P yn y distawrwydd poenus. Edrychodd pawb o'u cwmpas. Yng nghanol y ffraeo doedd Nia, Guto na Sam ddim wedi sylwi fod un aelod o'r grŵp ar goll. Ond ar y gair, hwyliodd Ceri i mewn gan egluro ei bod wedi darganfod llwyth o hen ddillad ei thaid yn yr atig, a chan ei fod o wedi marw, byddai croeso i Bolwyn eu cael nhw.

Drwy'r dydd felly, bu sioe ffasiynau ryfedd yng nghornel gwaith llaw y dosbarth. Rhoddwyd pob mathau o ddillad ar gorff gwyn Bolwyn – crys a thei, coban nos, côt law a welingtons, a hyd yn oed wisg milwr o'r Ail Ryfel Byd. (Chafodd o ddim dillad isaf chwaith!) O'r diwedd ac wedi cryn drafod, setlodd pawb ar siaced felfed werdd, sgarff gwlân oren a menyg i gyd-fynd, a het frethyn goch yn goron flêr ar y cwbl. Doedd dim blewyn o binc na glas ar gyfyl y wisg, ond fe gafodd Guto ei ffordd ei hun drwy beintio dau lygad a cheg sgleiniog ddu dan gysgod yr het

frethyn. I wneud yn siŵr na fyddai'r sgarff yn datod, estynnodd Ceri froets fach o boced gwisg milwr ei thaid. 'Dyna ni,' meddai, 'mi fyddi di fel tostyn rŵan Bolwyn bach,' a gosododd y froets siâp calon yn sownd yn y sgarff. Ond llithrodd ei llaw wrth iddi fachu'r froets ac aeth y pin i mewn i frest galed Bolwyn. 'Aaaw!'. Safodd Ceri yn stond yn ei hunfan. Pwy goblyn wnaeth weiddi arni? Guto oedd yn gwneud lol mae'n siŵr. Ond roedd Guto gyda'r lleill ym mhen arall y stafell yn cael hwyl gyda gweddill yr hen ddillad.

Roedd Bolwyn yn edrych yn llawer mwy byw erbyn hyn. Sleifiodd Ceri at y bocs siapiau a chipio tri chownter coch llyfn a'u gludo'n sownd fel botymau ar ei fol. Wedi i Sam orffen gosod y menyg yn ofalus ar y dwylo ac i Nia droi'r het tua ugain o weithiau i gael 'yr ongl berffaith', safodd y pedwar o flaen Bolwyn i'w edmygu. Oedd, roedd popeth yn ei le, doedd dim dwywaith am hynny, ond roedd un peth bach ar goll. Bu pawb yn crafu pen ac yn edrych ar ei gilydd am ychydig.

'Trwyn!' Daeth y sŵn o nunlle, yn hollol annisgwyl. Edrychodd pawb ar y gwacter rhyfedd yng nghanol wyneb y dyn eira, ac yna ar ei gilydd. Roedd Nia hyd yn oed wedi anghofio am y trwyn! Cyn i neb fedru edliw, roedd Ceri wedi gwibio at y Ffenest Gynhaeaf lle'r oedd y plant wedi creu arddangosfa o fwyd ym mis Hydref. Ac yno, ynghanol drewdod y llysiau

pydredig y gwelodd Ceri yr union beth fyddai'n gwneud trwyn i Bolwyn – oren wedi sychu'n grimp a chaled. Wedi ei sodro ar ganol yr wyneb gwyn, edrychai Bolwyn yn llawer gwell, Yn wir, edrychai'n hapus iawn.

'Dyna welliant,' meddai Nia. 'Pwy gofiodd am y trwyn?'

'Peidiwch ag edrych arna i!' ebychodd Ceri, 'dim ond mynd i'w nôl o wnes i. Un ohonoch chi gafodd y syniad.' Syllodd y tri arall ar ei gilydd ac yna ar Bolwyn a'i wyneb bodlon. Roedd pawb yn cofio clywed rhywun yn gofyn am drwyn, ond pwy? Os nad oedd o'n un ohonyn nhw, yna pwy oedd o?

'Un o'r plant eraill yn busnesu, mae'n siŵr!' rhesymodd Nia, gan gil-edrych ar Bolwyn a oedd yn orffenedig erbyn hyn.

* * *

Roedd noson y cyngerdd wedi cyrraedd cyn ichi allu dweud 'Nadolig Llawen' bron, a neuadd yr ysgol dan ei sang o famau brwd, tadau bôrd a neiniau'n sipian fferins. Yng nghefn y neuadd roedd anhrefn llwyr o gwmpas y rhesi dillad, penwisgoedd, adenydd, mwclis a Bolwyn llonydd wrth gwrs. Roedd bugail wedi colli locsyn, dau ddoethyn yn ffraeo dros benwisg sgleiniog a'r baban Iesu plastig yn swnian

'*Mommy, I'm hungry*' bob deg eiliad mewn acen Americanaidd. Ynghanol cynnwrf yr ystafell wisgo, clapiodd Miss P ei dwylo'n swnllyd (ond nid yn rhy swnllyd, rhag gwagio'r holl neuadd).

'Reit!' meddai'n awdurdodol. 'Rydych chi'n gyfarwydd â'r drefn bellach: dim camgymeriadau, dim giglo, dim dianc oddi ar y llwyfan, dim pinsio, dim anghofio geiriau, dim creu llinellau, dim dwyn llinellau neb arall, dim gwingo, dim crafu, dim baglu, dim gwthio, dim wynebau dideimlad, dim nodau amhersain, dim traed o'u lle a dim un gair na wnaiff PAWB yn y gynulleidfa ei ddallt. DALLT?' Ysgydwodd pawb eu pennau fel ieir ufudd.

'Ydan ni'n cael cnoi bybl gỳm?' Llonyddodd pob pen a throi'n araf i gyfeiriad y cwestiwn annisgwyl.

'BE, Ceri?' berwodd Miss P.

'Bybl gỳm,' atebodd hithau'n ddi-lol. 'Ydan ni'n cael cnoi bybl gỳm ai peidio . . . '

Aeth wyneb Miss P yn goch, goch fel siwt Santa Sam. Yna aeth yn wyn, wyn, wyn fel wyneb Bolwyn. 'Pawb i adael eu gwisgoedd a'u props yng nghefn y llwyfan ar ôl y cyngerdd. Mi gaiff Ceri eu clirio nhw. Mi gaiff Ceri hefyd gadw'r set a'r cadeiriau yn y neuadd. Fydd Ceri ddim yn canu'r unawd yn y ffinâle. Nia fydd yn gwneud hynny, a Ceri fydd yn gyfrifol am symud y dyn eira. Ar wahân i hynny, fydd Ceri ddim yn cymryd rhan . . . '

'Ddim yn canu'r unawd?' meddai Ceri'n dawel. 'Symud y dyn eira?' Ond Miss . . . ' Doedd Ceri ddim yn credu hyn – a hithau wedi breuddwydio am gael canu yn y cyngerdd.

'Dim smic, Ceri, neu chewch chi ddim bod ar gyfyl y cyngerdd o gwbwl. A pheidiwch â meddwl am eiliad y bydd hi'n golled ar eich ôl. Roedd symudiadau'r gân olaf yn draed moch llwyr gennych chi yn yr ymarfer bore 'ma. A dweud y gwir, roedd dawns y ffinâle'n flêr gan bawb. Dwi isio pob symudiad yn berffaith heno, dim un camgymeriad, neu mi fydd yna le yma. Unrhyw gwestiynau?'

'Lle mae fy locsyn i?' holodd rhywun. Rowliodd Miss P ei llygaid a brasgamu o'r ystafell wisgo gan weiddi 'Pawb i'w le!' Sgrialodd pob bugail a gŵr doeth ac angel i'w gornel gan boeni'n arw am symudiadau'r gân olaf.

Tawelodd y gynulleidfa wrth i Miss P gamu ar y llwyfan i adrodd ei haraith Nadoligaidd flynyddol. Roedd gwên fawr, felys ar ei gwep – gwên a oedd yn tyfu'n lletach ac yn fwy ffals bob blwyddyn.

Safai Ceri ar ei phen ei hun yn yr ystafell wisgo. Roedd hi eisiau cicio'i hun am ofyn rhywbeth mor

hurt, ac yn corddi wrth feddwl am Nia Rhydderch yn canu ei hunawd *hi*. Taflodd gipolwg ar Bolwyn. Oedd ganddo yntau geg gam hefyd?

Pan glywodd Ceri gyfeiliant y ffinâle o'r diwedd, straffaglodd i gario'r horwth *papier-mâché* gwyn o'i blaen a'i osod yn ei le ar ganol y llwyfan. Gafaelodd ym mreichiau Bolwyn a dechrau'r symudiadau anodd nad oedd neb yn medru eu cofio, gan geisio cadw'r dyn eira yn weddol gefnsyth. Teimlodd lwmp mawr yn ei gwddf wrth glywed Nia yn canu geiriau ei chân *hi*:

Maddau ein gwiriondeb
Waeth pa mor ddibwys yw,
Gad i . . . Gad i . . . Gad i . . .

Syllodd pawb ar y llwyfan. Na, doedd bosib! Oedd wir, roedd Nia wedi anghofio'r geiriau! Am y tro cyntaf yn ei bywyd roedd Nia wedi gwneud camgymeriad yn y cyngerdd Nadolig. Dechreuodd snwffian crio ar ganol y llwyfan.

' . . . Gad i ninnau befrio . . . Yng ngolau seren Duw . . . ' meddai llais bach o ganol y llwyfan, ac er rhyddhad i bawb, gorffennodd Nia y pennill.

'Ew, diolch iti Ceri' meddai Nia'n dawel yn ystod y gytgan, ond dim ond syllu'n gegagored ar Bolwyn wnaeth Ceri.

Drwy gil ei llygad, gwelodd Ceri Miss P yn gwgu. Roedd symudiadau pawb yn draed moch ac roedd ceg Ceri'n grimp fel na fedrai ganu nodyn o'r gytgan. Llifai'r dagrau i lawr ei bochau gan lanio'n ddistaw ar gôt felfed Bolwyn. Dechreuodd Nia ganu'r ail bennill:

Helpa di'r digartref
A phawb heb gyfaill mwyn;
Cym hwy dan dy adain
A'u gwarchod yn ddi-gŵyn.

Doedd Ceri erioed wedi gweld rhywun digartref, heb sôn am helpu un. Pendronodd am eiliad. Pam oedd holl elw'r cyngerdd yn mynd i gronfa'r ysgol os oedden nhw i fod i helpu'r digartref? Yn sydyn, teimlodd Ceri'r faneg wlân yn ei llaw chwith yn cydio'n dynn ynddi. Trodd i edrych ar Bolwyn. Oedd, roedd o'n sefyll ar ei draed ei hun, yn symud yr un pryd â hithau, cam ymlaen, cam i'r ochr, yn slic a gosgeiddig. Methai Ceri gredu ei llygaid. BOLWYN! YN DAWNSIO!? Ac nid yn unig yn dawnsio, ond yn dawnsio'n dda! Yn chwyrlïo a chicio a neidio a nodio yn berffaith! Cyn pen dim roedd y dyn eira digywilydd wedi cymryd lle Nia ar y llwyfan ac wedi llusgo Ceri efo fo! Syllodd Miss P yn gegrwth ar yr amseriad perffaith a'r cyd-symud anhygoel. Roedd hyd yn oed y plant lleiaf un wedi ymuno yn y ddawns. Am y tro cyntaf erioed yng nghyngerdd Nadolig Ysgol Glanhyfryd roedd pawb ar y llwyfan yn wên o glust i glust.

Ar ôl cymeradwyaeth faith a dau encôr, a Ceri yn canu'r unawd ddwywaith, rhuthrodd pawb oddi ar y llwyfan. Ynghanol y bwrlwm a'r rasio i newid, daliodd Ceri bwysau Bolwyn yn ddiymadferth fel o'r blaen. Ymlwybrodd oddi ar y llwyfan a gosod y dyn eira llonydd o'r neilltu yn yr ystafell wisgo. Gwenodd Ceri arno. 'Ew, mi wnest ti'n dda,' meddai. 'Oni bai amdanat ti, faswn i byth wedi cael canu'r unawd heno. Diolch!' a phlannodd glamp o sws ar ei drwyn oren. Gallai daeru fod Bolwyn wedi gwenu arni. Rhedai'r plant eraill i freichiau eu rhieni i gael eu canmol a'u caru – pawb ond Ceri, a oedd yn gorfod aros yng nghefn y neuadd i dacluso llanast y lleill. Doedd rhieni Ceri ddim yn y gynulleidfa p'run bynnag. Doedden nhw erioed wedi bod ar gyfyl yr ysgol, heb sôn am gyngerdd Nadolig.

Dechreuodd Ceri gario'r holl sbwriel a bocsys ac arwyddion cardbord allan i'r stryd. Byddai'r lori ludw yn eu casglu a'u cnoi yn y bore. Ar ei ffordd yn ôl i'r neuadd, daeth Ceri wyneb yn wyneb â Miss P yn cario Bolwyn fel babi mawr. 'Clyfar dros ben, Ceri,' mwmiodd honno mewn llais nawddoglyd, 'gosod un o'r plant lleiaf yn Bolwyn a llwyddo i gael y symudiadau i gyd yn gywir am y tro cyntaf yn eich bywyd. Pwy a ŵyr, efallai mai dawnswraig fyddwch chi ryw ddydd.

Tra oedd rhieni'r plant yn sgwrsio yn y cyntedd am y 'ffinâle orau ERIOED yn hanes yr ysgol,' ac yn pendroni'n hir am 'y dyn eira trydan anhygoel 'na,' ymgasglodd y plant o amgylch Bolwyn – eu harwr newydd – a eisteddai fel brenin diog ar ei orsedd o fagiau sbwriel. Hwn oedd yr un oedd wedi eu hachub o grafangau gwenwynig Miss P. Roedd pawb mor awyddus i gofleidio'r dawnsiwr newydd, i ddiolch, i roi winc neu ysgwyd ei law fel na sylwodd neb ar y briwsion eira oedd yn prysur beintio'r iard yn wyn.

Crafodd Miss P besychiad sych: 'Grrr – rrrhmm. Eira mân, eira mwy. Dwi ddim isio gorfod anfon neb adref, felly i ffwrdd â chi rŵan. Nadolig llawen a phawb yn ôl ar y pumed o Ionawr.' Dringodd Miss P i mewn i'w char swish a gwibio am adref.

Ymlwybrodd y plant am eu cartrefi clyd, pob un yn teimlo'n gynnes y tu mewn er bod eu dwylo'n rhynnu, a phob llygad yn dal cyfrinach er eu bod bron, bron â chau. Doedd ond pedwar plentyn ar ôl – Ceri, Sam, Guto a Nia, yn sefyll gyda Bolwyn a edrychai fel rhyw Guto Ffowc ar ei goelcerth. Syllodd y pedwar yn fud ar ei gilydd. Roedd ganddyn nhw gyfrinach – a nhw oedd wedi ei chreu. Gafaelodd Ceri yn llaw wen, wydn Bolwyn dan y faneg wlân, gan obeithio y buasai'n neidio ar ei draed a dechrau dawnsio'n heini fel cynt. Ond roedd Bolwyn yn galed a marwaidd.

'Ella mai hud dros dro oedd o,' meddai Sam.

'Fel Sinderela a Superman,' cynigiodd Nia.

'Sdiwpid,' poerodd Guto. 'Be 'dan ni'n da yn
rhynnu yn fa'ma ac yn siarad am damaid o gardbord?
Pwy sy' isio lwmpyn mawr disymud, di-ddeud p'run
bynnag? Pwy sy' isio dyn eira ar ôl y Nadolig? Dwi'n
mynd. Dewch!' Ac ar hynny, trodd Guto a Sam a Nia
eu cefnau ar eu creadigaeth a chychwyn am adref.
Edrychodd Ceri ar Bolwyn yn un swp ynghanol y
sbwriel. Dychmygodd y lori ludw'n dod a'i falu.

Cym hwy dan dy adain
A'u gwarchod yn ddi-gŵyn.

'Tyrd, niwsans,' meddai. Gafaelodd Ceri yn nwylo'r
talpyn trwm a'i godi. Oedd Bolwyn wedi gwasgu'i
llaw, dim ond am un eiliad fach, a gwenu arni?
Cychwynnodd ar ei thaith lafurus am adref, gan alw'r
dyn eira heglog yn bob enw dan haul ar y ffordd.
Ychydig a wyddai hi fod Bolwyn wedi teimlo pob
cam, wedi clywed bob gair, ond wedi ymlâdd gormod
i ddweud na gwneud dim . . . am heno.

AR GAEL YN OGYSTAL:

Stori arall am Bolwyn a chriw
Blwyddyn 6, Ysgol Glanhyfryd:

BOLWYN
A'R DYN EIRA CAS

Gwyneth Glyn

Lluniau: Carys Owen

£2.95

Gwasg Carreg Gwalch